L'ANTI-VACCINATEUR,

COMÉDIE

EN DEUX ACTES ET EN PROSE;

PRÉCÉDÉE D'UNE DÉDICACE

AUX PÈRES DE FAMILLE.

Par Louis DELOSME, *Officier de Santé.*

PRIX, 1 fr.

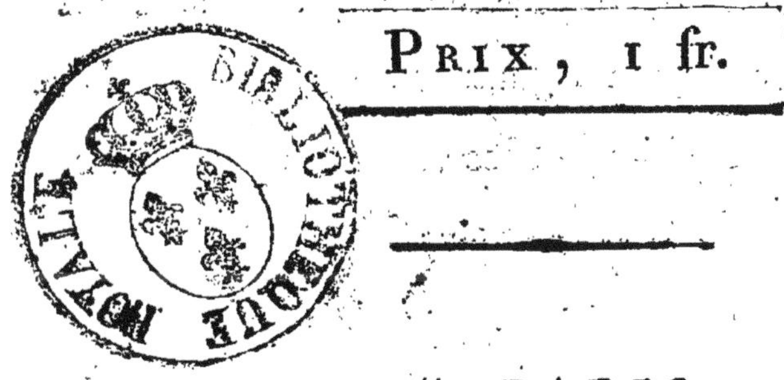

A PARIS,

Chez BARBA, Libraire, Palais du Tribunat.

Et se vend,

A AVIGNON,

Chez LATY, Libraire, au Cabinet Littéraire,
rue des Fourbisseurs, près la Bourse.

1809.

Conformément à la loi sur les propriétés littéraires, deux exemplaires de cet ouvrage ont été déposés à la bibliothèque impériale.

En conséquence tous ceux qui ne seraient pas revêtus de ma signature, seront regardés comme contrefaits, et les vendeurs poursuivis.

DÉDICACE

AUX PÈRES DE FAMILLE.

PÈRES DE FAMILLE;

Parmi les ravages qui jettent la désolation sur la terre, il n'en est aucun d'aussi meurtrier, d'aussi général, d'aussi fréquent que la petite vérole. Cette maladie, originaire d'Arabie, fut communiquée à l'Egypte par les Arabes, lorsqu'ils en firent la conquête, sous le Calife Omar. Portant leurs armes, leur religion, leur commerce, dans la Syrie, la Palestine, la Perse, le long des côtes d'Afrique, ils en infectèrent ces contrées. L'Espagne en fut atteinte, et elle passa de là avec les Européens, dans toutes les autres parties du monde connu.

Des Médecins Arabes inventèrent l'inoculation : de très-grands avantages en couronnèrent la pratique. Elle fut dès-lors adoptée dans les pays voisins de la mer Caspienne, et particulièrement en Circassie, pays où la beauté du sexe est une des propriétés du climat. Elle passa de là vraisemblablement en Grèce, en Morée et en Dalmatie. L'histoire n'a pu fixer l'époque où les côtes de Barbarie, celles du Sénégal, divers endroits de l'Inde, la Chine commencèrent à participer à ses bienfaits. Quelques parties occidentales de l'Europe, la principauté de Galles en Angleterre, le Comté de Meurs, le Duché de Clèves, en Westphalie, le connurent anciennement. Il ne s'en est présenté que des vestiges, dans quelques provinces de France, particulièrement en Périgord.

En 1690 environ, elle fut apportée

à Constantinople par une Femme Thessalonique. Cette Femme et une autre Grecque de Philopolis, inoculèrent très-heureusement dans cette capitale plusieurs milliers de personnes. Emmanuel Timoni, et Jacques Pilarini, Médecins, tous deux témoins des succès constans des deux Grecques, adoptèrent cette méthode, et l'annoncèrent au reste de l'Europe.

En 1717, Lady Vortley-Montagne, Ambassadrice d'Angleterre à la Porte Ottomane, fit inoculer à Constantinople son fils unique, âgé de six ans, et depuis sa fille, à son retour à Londres, en 1721. Alors le Collége des Médecins de cette ville firent l'expérience sur six criminels condamnés à mort. Couronnée des plus heureux succès, elle fut répétée sur un certain nombre d'enfans, avec le même résultat. La Princesse de Galles fit inoculer ses deux filles. Des Docteurs en Médecine, des Docteurs en Théologie, firent inoculer leurs en-

fans. Tous ces succès, tous ces exemples n'empêchèrent point que l'inoculation n'eût des improbateurs, des
ennemis ardens. Quelques inoculés
morts par leur imprudence, fourni-
rent un prétexte spécieux à leurs
clameurs, et les progrès de la nouvelle méthode furent arrêtés.

En 1728, M. de Voltaire, dans une
de ses lettres sur les Anglais, en fit
une courte apologie, avec cette vi-
gueur de logique, cette élégance de
style qui caractérisent ce peintre
littéraire.

Une épidémie violente de petite
vérole, arrivée dans la Caroline, en
releva l'usage dans cette contrée en
1738; et bientôt, dans la Grande
Bretagne, où elle marcha depuis à
pas de géant. Elle fut introduite en
1748 en Hollande et à Genève, par
le célèbre Tronchin, et quelques
années après en Italie par Peverini.
A-peu-près dans le même tems,
M. de la Condamine, par un mémoire qu'il publia sur cette matière,

la tira de l'oubli où elle était plongée à Paris, depuis 3o ans. Ce mémoire, traduit presque dans toutes les langues de l'Europe, porta la conviction dans les esprits, et tout ce qu'il y eut de gens sensés et instruits dans cette partie du monde, fit usage de l'inoculation.

Vous voyez donc l'inoculation généralement reconnue, adoptée, comme le correctif de la petite vérole. Le nombre des victimes est infiniment moins grand; ce qui fait dire très-élégamment à M. de la Condamine :

La nature nous décimait, l'art nous millésime.

Mais il était réservé au dix-huitième siècle, à ce siècle observateur, ne s'écartant jamais de la route des faits, fier interprète de la nature (1);

---

(1) Ce n'est qu'au 18e. siècle que les hommes ont su bien cultiver les sciences et les arts. Jusques à ce tems, sans bonne méthode, sans principes sûrs, errant de systèmes en systèmes, ils ont été le jouet

il lui était réservé de trouver un spécifique contre cette peste héréditaire. Dans plusieurs contrées d'Angleterre, les vaches sont sujettes à une éruption de boutons qui se manifestent à leurs pis. On avait remarqué que ces boutons se communiquaient aux filles de basse-cour, chargées de traire celles qui en étaient infectées, et que ces filles étaient inaccessibles à la contagion de la petite vérole ; mais cette croyance n'avait été long-tems qu'une tradition populaire, qui ne s'était pas répandue au loin.

Un homme dont vous ne devez pas entendre prononcer le nom, sans être transporté de reconnaissance, sans éprouver une paternelle allégresse, JENNER, le Médecin Jenner

---

de l'erreur et des préjugés. C'est dans ce siècle que, guidés par le flambeau de la plus sévère analyse, ne rencontrant sur leur route que des faits, ils ont réellement fondé les sciences et les arts. Gloire, immortalité à vous Condillac, Bonnet, Buffons, Bernardin de Saint-Pierre, l'Abbé de L'épée, Sicard, Lavoisier, Fourcroi, Chaptal, Cabanis, Hallé, Pinel, Bichat, etc. etc.

avait

fixé son séjour dans une de ces contrées où règne cette maladie des vaches (2). Instruit en 1797 de cette opinion accréditée parmi ses habitans, il ne dédaigna pas de l'examiner et de recourir à l'expérience. Une sage réserve présida à ses essais. Un grand nombre d'individus qui, plus ou moins long-tems auparavant, avaient pris cette maladie des vaches, que vous connaissez sous le nom de vaccine, furent soumis, par ce Docteur, à l'inoculation ; et il s'assura qu'aucun d'eux n'en pût contracter la contagion. Il vaccina un grand nombre de sujets : inoculés ensuite, ils n'en éprouvèrent, comme les premiers, aucun effet sensible. Voulant encore s'assurer si la vaccine n'avait aucun inconvénient futur, il fit des courses nombreuses pour visiter des vieillards vaccinés dans leur jeunesse : il reconnut l'innocuité de la vaccine. Ces succès parurent si importans à

____

(2) A Berkeley, dans le Comté de Glocester.

cet observateur, qu'il en donna communication à plusieurs Médecins de Londres : ils répétèrent les expériences. MM. Woodville, Pearson, Simmons vaccinèrent un très-grand nombre d'enfans, et un succès absolu ayant couronné leurs opérations, il en fut rendu compte dans les journaux. Cette annonce excita, en France, une vive attention. L'école de Médecine de Paris, pour qui la science médicale est une passion, prit cet objet en grande considération. On forma un comité de vaccine pour faire des épreuves, elles furent publiques et suivies avec exactitude : même succès de la vaccine. On fonda un hospice central de vaccine. Le bruit des avantages de cette découverte, se répand, l'attention des gens de l'art s'éveille dans les départemens, il s'y forme un grand nombre de comités, des expériences s'y font avec le plus grand zèle ; elles sont secondées par les Préfets ; les Conseils généraux des Départemens, les Municipalités, les Administrations des Hospices, les Autorités militaires, les grandes Administrations, Paris et Londres sont en relation sur cet objet, avec les Médecins et Gouvernemens étrangers : des envois de ferment vaccin se font en Hollande, en Prusse, en Dannemarck, en Espagne, en Italie, en Turquie, dans l'Inde, en Amérique, dans presque toutes les parties du monde, et cette méthode y est essayée, mise en pratique, avec un succès unanime.

Pères de famille, vous voyez la vaccine presque universellement reconnue, pour l'antidote de la petite vérole. Tous les vaccinés sont inaccessibles à la contagion, soit artificielle, soit naturelle de cette maladie. Tous les vaccinés jouissent de leur santé ordinaire. Mais, par une fatalité ennemie des grandes découvertes, il est des hommes composant la secte dispersée des scholastiques (3) qui, prévenus, rejetant même, sans examen, la philosophie du dix-huitième siècle démontrée (4), improuvent, calomnient, tâchent d'anéantir la vaccine ! Un ridicule aussi plat, m'a paru mériter la punition la plus mordante de Thalie : j'en ai composé une Comédie intitulée : L'ANTI-VACCINATEUR. Que n'ai-je eu le génie de Molière !

J'ai dû vous dédier ce drame : c'est sur vos enfans que le monstre variolique exerce ordinairement ses ravages..... Puisse cet ouvrage vous faire rejeter les conseils, vous pré-

---

(3) Malgré l'intrépidité avec laquelle Ramus et Bacon dénoncèrent la philosophie scholastique, an tribunal de l'expérience et de la raison, malgré la meilleure manière de philosopher de Gassendi, de Descartes, de Newton, de Leibnitz, malgré celle de Condillac, naturelle, simple, lumineuse, la seule bonne, les scholastiques ont eu le sceptre de l'éducation publique, jusques à la fin du dix-huitième siècle. Depuis ce tems, ils ont été remplacés par de vrais savans : ils sont dispersés; mais ils conspirent contre la vérité.

(4) Voyez la note n°. 1.

munir contre les faux bruits des Anti-vaccinateurs ! Puisse-t-il vous rendre partisans incorruptibles de JENNER !

PERSONNAGES.

M. LOURDVILLE.

Madame LOURDVILLE.

ISABELLE, leur Fille.

CLAIRFONS, Amant d'Isabelle.

FRONTIN, Valet de M. Lourdville.

La Scène se passe à Paris, chez M. Lourdville.

L'ANTI-VACCINATEUR,

COMÉDIE.

ACTE PREMIER.

SCÈNE PREMIÈRE.

CLAIRFONS, Madame LOURDVILLE.

CLAIRFONS.

Madame, il y a long-tems que je fréquente votre maison, que vous me témoignez de l'estime, de l'amitié. Vous applaudissez à la conformité de caractère, d'âge, de sentimens, de goût, qui existe entre votre fille Isabelle et moi. Vous m'avez promis de m'unir à elle : que de titres, Madame, pour l'aimer, m'intéresser à tout ce qui la regarde, à tout ce qui peut faire son bonheur !

Madame LOURDVILLE.

Ces élans, Clairfons, justifient pleinement la bonne opinion que j'ai toujours eue de vous. Vous êtes doux, sensible, solitaire, studieux, observateur ; vous vous procurez, avec avidité, les ouvrages qui peuvent vous instruire des découvertes modernes ; vous les méditez, vous les appréciez ; votre goût se fortifie, s'épure ; et votre ame échauffée, aggrandie par ces objets, n'éprouve que des sentimens forts et sublimes.

CLAIRFONS, avec chaleur.

Oui, Madame, telle est la grandeur d'ame que donnent la retraite, l'étude, la méditation ! L'excellent projet qu'elles m'inspirent, dans ce moment-ci !

Madame LOURDVILLE.

Quel projet ?

CLAIRFONS.

Depuis long-tems vous entendez parler de la découverte la plus surprenante, la plus intéressante, la plus salutaire qui ait jamais honoré le monde savant, de la Vaccine, ce préservatif infaillible contre la petite vérole. Je vois avec douleur que les opinions du public sont partagées sur son efficacité. Je vous estime trop pour vous croire du parti des prévenus. Le monstre variolique fait, dans ce moment-ci, un ravage affreux dans nos contrées : il n'a pas encore attaqué Isabelle ; je crains pour sa vie, je crains pour ses charmes, et je viens vous prier de la faire vacciner, incessamment.

Madame

Madame LOURDVILLE.

Ah! Clairfons, que j'approuve votre solli-
citude! qu'elle me plaît! qu'il y a long-tems
que je l'aurais prévenue, si je n'en avais été
détournée par mon mari!

CLAIRFONS.

Quoi! M. Lourdville serait anti-vaccinateur?

Madame LOURDVILLE.

J'ai tout lieu de le croire.

CLAIRFONS.

Un homme aussi studieux, aussi instruit!

Madame LOURDVILLE.

Oui, mais il n'a jamais lu, et il ne lit
presque jamais que des livres anciens. Socrate,
Aristote, Albert le Grand, Erasme, Bacon,
Descartes, Lafontaine, Boileau, Bourdaloue,
enfin tous les fameux auteurs depuis l'origine
des lettres jusques au siècle de Louis XIV,
composent exclusivement sa bibliothèque. Ils
ont formé ses principes, son goût : Pline,
Aldrovande sont les naturalistes les plus savans, les plus exacts, les plus méthodiques
que nous ayons; Platon, Nicole, Leibnitz
excellent dans la Métaphysique et la Morale;
Pâtru égale Cicéron, Racine et Corneille ont
seuls chaussé le cothurne grec. Tout ce qu'on
a fait dans le 18e. et 19e. siècles est, selon lui,

C

marqué au coin de la corruption du goût, de l'extravagance et du délire philosophique : Linneus, Buffon, d'Aubenton errent sans cesse ; Condillac observe mal, Jean-Jacques Rousseau n'est que romancier, Linguet n'est pas éloquent, Voltaire n'a pas de génie ; et si on lui conteste ces opinions, il hausse les épaules, vous regarde avec dedain et se fâche.

CLAIRFONS.

A ce portrait, je reconnais un ardent ennemi de la Vaccine.

Madame LOURDVILLE.

O Ciel !

CLAIRFONS.

Que faire ?

Madame LOURDVILLE.

Réflechissons.....

CLAIRFONS, *après avoir réflechi un instant.*

Madame, douceur affectueuse, patience opiniâtre, quels moyens pour persuader ! vous êtes épouse et mère, la raison est de votre côté. Allez trouver M. Lourdville, témoignez-lui la tendresse que vous avez pour lui, pour Isabelle ; dites-lui qu'une épidémie de petite vérole est dans la ville, qu'elle fait périr d ns un état hydeux la plupart des personnes qui en sont atteintes; que plusieurs en sont ou défigurés ou estropiés, qu'elle respecte, absolument, tous ceux qui ont eu la vaccine, qu'il serait raisonnable, qu'il serait urgent de faire jouir Isabelle de ce miraculeux moyen : allez, vous l'attendrirez, vous lui dessillerez les yeux, et la prévention fera place à la vérité.

Madame LOURDVILLE.

Quelle délicatesse ! Quelle solidité dans ce conseil ! Avec quelle confiance, avec quel empressément je vais le mettre en pratique !

CLAIRFONS.

Je vais trouver Isabelle : vous viendrez nous rendre compte de ce qui se sera passé.

Madame LOURDVILLE.

Allez vîte. Voici M. Lourdville.

SCÈNE II.

Madame LOURDVILLE, M. LOURDVILLE, FRONTIN. (*M. Lourdville a une lettre à la main.*)

Madame LOURDVILLE.

Mon Mari, que vous venez à propos ! J'allais vous trouver.

M. Lourdville.

Que je suis charmé de vous voir ! J'ai quelque chose de bien intéressant à vous communiquer à vous et à Isabelle.

Madame Lourdville.

J'ai à vous entretenir de choses, on ne peut pas plus essentielles.

M. Lourdville.

Où est Isabelle ?

Madame Lourdville.

Faites-moi la grace de m'écouter.

M. Lourdville.

Oh ! vous serez toutes deux étonnées.... Vous le voulez, parlez la première.

Madame Lourdville.

Vous vous rappellez ce tems où pénétrés d'une estime, d'un amour mutuels, nous désirions impatiemment d'être unis par les nœuds du mariage. Quel empressément à nous voir ! Quel intérêt, quelle chaleur dans nos entretiens ! Que de peines dans nos séparations ! Nos parens mirent enfin le comble à nos vœux. Isabelle fut le fruit de notre union. En le recevant dans nos bras, nous pensions à son éducation, à son bonheur. Nous lui avons fait éviter, jusqu'à présent, la foule de malheurs,

répandue sur la route de la vie. Isabelle a
de l'aisance, de la santé, de la beauté, des
connaissances, des vertus; mais notre tâche
est-elle remplie ? N'est-il pas toujours quelque
chose de nouveau qui vient l'augmenter ? Ne
durera-t-elle pas tant que nous vivrons? Une
épidémie de petite vérole règne dans la ville:
je manque d'expressions pour vous peindre
l'état des victimes. Isabelle n'a pas encore
eu cette peste héréditaire. N'êtes - vous pas
sans cesse dans l'alarme, dans la désolation?
Ne vous figurez-vous pas notre enfant, tantôt
couvert de plaies, poussant des cris de douleur, tantôt estropié, d'une laideur repous-
sante, tantôt privé de la vie. Ces idées me
font frémir, et je crains de ne pouvoir pas
y résister !

M. L o u r d v i l l e.

Est-il assuré que la petite vérole exerce
ces ravages sur Isabelle ? N'est-elle pas quel-
quefois bénigne ?

Madame L o u r d v i l l e.

Cette incertitude n'est-elle pas cruelle ?....
On dit par-tout, on lit dans un très-grand
nombre d'ouvrages, que la vaccine est un
préservatif si démontré, si approuvé ?

M. L o u r d v i l l e.

On donne aujourd'hui des conjectures, des
probabilités pour des démonstrations. Le pu-

blic, avide de nouveautés, s'enthousiasme, se laisse prévenir et adopte des sottises de la meilleure foi du monde.

Madame LOURDVILLE.

On ne voit cependant aucun vacciné avoir la petite vérole.

M. LOURDVILLE.

Cela ne signifie rien.

Madame LOURDVILLE.

On fait des contr'épreuves par l'inoculation : il ne paraît point de petite vérole ; elle est donc absolument anéantie.

M. LOURDVILLE.

Anéantie !..... je défie le plus grand Médecin de la terre de m'expliquer ce que vous dites là.

Madame LOURDVILLE.

De ce qu'on ne connaît pas la cause d'un fait, faut-il en conclure que ce fait n'en est pas un ?

M. LOURDVILLE.

C'est une chose impossible !.... Et puis cette vaccine jette dans le sang divers germes de maladies fâcheux, mortels même. Combien s'en plaignent !

Madame LOURDVILLE.

L'erreur ! la calomnie !...... Des vieillards vaccinés depuis leur bas âge, n'attestent-ils pas le contraire ?

M. LOURDVILLE.

Qui a vu ces vieillards ?

Madame LOURDVILLE.

JENNER, l'apôtre de la vaccine.

M. LOURDVILLE.

Votre apôtre de la vaccine ne sait ce qu'il dit.

Madame LOURDVILLE.

Les gens de l'art le prêchent, l'administrent unanimément.

M. LOURDVILLE.

Eh ! l'amour du gain.

Madame LOURDVILLE.

Tous les Gouvernemens de l'Europe la protègent, exhortent les peuples à en faire usage.

M. LOURDVILLE.

L'impulsion de nos savans modernes !

Madame LOURDVILLE.

O mon Mari ! ce sont là les raisons qui

vous font improuver la vaccine ! Qu'elles sont frivoles, dénuées de fondement, pitoyables ! Faudrait-il qu'Isabelle en fût la victime ? Au nom de la tendresse que j'ai pour elle, informez-vous, lisez, réfléchissez !

M. LOURDVILLE.

Toutes mes informations sont prises, toutes mes lectures, toutes mes réfléxions sont faites là-dessus. Isabelle ne sera point vaccinée !

Madame LOURDVILLE.

O ma Fille !

M. LOURDVILLE.

Et ne me parlez plus de cette radoterie !....; Frontin !

FRONTIN.

Monsieur ?

M. LOURDVILLE.

Allez dire à ma fille de venir ici, à présent même.

FRONTIN.

Oui, Monsieur.

SCÈNE III.

M. LOURDVILLE, Madame LOURDVILLE.

Madame LOURDVILLE.

Mon Mari ?

M. LOURDVILLE.

Ne m'en parlez plus, vous dis-je !

SCÈNE

SCÈNE IV.

M. LOURDVILLE, Madame LOURDVILLE, ISABELLE, FRONTIN.

M. LOURDVILLE.

Venez, ma Fille. Que j'ai de choses essentielles à vous dire ! Asseyez-vous. (*à sa femme.*) Madame, asseyez-vous. Frontin, des chaises. (*Ils s'asseyent tous trois.*) Isabelle, vous avez 18 ans. Vous êtes docile, instruite, vertueuse. Vous avez répondu, on ne peut mieux, à l'éducation que je vous ai donnée. Vous fixez l'estime et l'amour d'un grand nombre de jeunes gens qui s'agitent pour vous plaire, pour avoir votre main. On les voit, avec un nouveau ton de savant, parler avec assurance, avec un certain air de supériorité ; offrir de démontrer tout ce qu'ils avancent : c'est une insolence nouvelle, révoltante. Je n'en citerai qu'un qui s'est introduit ici, je ne sais comment, Clairfons, qui parle toujours observation synthèse, analyse, découverte, démonstration. J'ai trop bonne opinion de vous, pour ne pas croire que la plus froide indifférence, le mépris le plus courroucé, sont les réponses que vous faites à ces faux savans remplis d'amour-propre et de témérité. Il vous faut un mari différent. Je vous en ai choisi un, ma Fille, qui......

ISABELLE.

Mon......

D

Madame Lourdville.

Vous.....

M. Lourdville.

Ne m'interrompez pas. Je vous en ai choisi un, ma Fille, qui, je m'en flatte, sera de votre goût. C'est un jeune homme dont le père était mon intime ami, que je connais depuis son enfance. Il a 26 ans, une taille avantageuse, la plus belle figure du monde. Le bon sens préside à toutes ses actions. Dans la passion qu'il a de s'instruire, il fait un judicieux choix d'ouvrages ; il ne croit pas à ce déluge de productions récentes qu'il plaît à leurs auteurs d'appeler des faits. Il dit que nos Pères pensaient bien mieux. Enfin, c'est un jeune homme accompli.

Isabelle.

Mon Père, je.....

Madame Lourdville.

Vous auriez......

M. Lourdville.

Quelle démangeaison de parler ! Je ne vous ai pas encore tout dit. Savez-vous bien toutes deux que ce que vous faites là est de la plus grossière impolitesse ?

Isabelle.

Mon Père, je suis sensible à.....

Madame Lourdville.

Vous auriez dû auparavant.....

M. L o u r d v i l l e.

Qu'est-ce que tout ceci ?

ISABELLE.

A votre attention, mais......

Madame LOURDVILLE.

Savoir si....

M. L o u r d v i l l e.

Qu'apperçois-je !

ISABELLE.

Mais, n'ayant pas....

Madame LOURDVILLE.

Si Isabelle....

M. L o u r d v i l l e.

Paix ! paix ! paix ! paix !...... voici une lettre qu'il m'écrit :

» LYON, ce 4 juillet.

» Monsieur,

» D'après la promesse que vous me faites » dans votre dernière lettre, de me donner » votre Demoiselle en mariage,

ISABELLE.

O Ciel !

Madame LOURDVILLE.

Est-il possible !

M. L o u r d v i l l e.

Ah ! ah ! vous vous opposez à ce mariage ! (à Isabelle.) Vous avez quelque secrète amourette, ou pour mieux dire, vous aimez Clair-fons ; et vous, ma Femme, vous la secondez ! Vous oubliez que je suis le maître ! Je vous ferai bien rentrer dans votre devoir ? (*Il continue la lecture de la lettre.*)

» D'après la promesse que vous me faites dans » votre dernière lettre, de me donner votre » Demoiselle en mariage ; je comptais partir » pour Paris le 25, etc. ; mais un évènement » bien singulier, bien inopiné, m'en a em-» pêché. Je viens d'avoir la petite vérole, » (je n'ai jamais voulu entendre parler de » vaccine.) Cette maladie a été des plus » orageuses. Fièvre, vomissemens, maux de » tête violens, difficulté de l'éruption, con-» fluence des boutons, perte de connaissance, » pénible convalescence, telles sont les cir-» constances qui l'ont accompagnée. Je suis » enfin parfaitement remis. Je serai, sans » faute, chez vous le 10 juillet. »

C'est aujourd'hui !

».Quel jour ! je verrai Isabelle ! je lui décla-» rerai mon estime, mon amour ! je l'entre-» tiendrai de notre mariage ! je lui jurerai » une éternelle fidélité !

» Je suis avec l'attachement le plus » respectueux et la plus grande consi-» dération,

» PESANTCOUR. »

ISABELLE.

Mon Père, vous me permettrez de vous dire

que vous n'auriez pas dû faire cette démarche sans ma participation. Vous n'avez pas le droit de disposer de ma main : ce droit sacré appartient exclusivement à mon cœur. Je ne me sens pas la moindre inclination pour M. Pesantcour ; je ne dois pas l'épouser, et je ne l'épouserai jamais.

Madame LOURDVILLE.

N'aurait-il pas convenu qu'auparavant vous eussiez consulté avec moi ? La chose n'est-elle pas assez conséquente ? Ne me regarde-t-elle pas autant que vous ? Je vous aurais dit : mon Mari, Isabelle n'aime point M. Pesantcour, votre projet ne vaut rien ; toutes ces alliances forcées sont inévitablement suivies de répugnance, de haine, de séparation, et tous les parens qui les forment mériteraient d'être mis aux petites maisons.

M. LOURDVILLE, *fort en colère.*

Quelle hardiesse ! Quelle licence !... (*à Isabelle.*) Savez-vous bien, misérable, que c'est à un Père que vous parlez ainsi ? (*à sa femme.*) Et vous, Madame, à un Mari ?

ISABELLE.

Je préférerais la mort !

Madame LOURDVILLE.

Tu as raison !

M. LOURDVILLE.

O venin des femmes !

ISABELLE.

Oui, la mort !

M. LOURDVILLE.

Vous l'épouserez !

ISABELLE.

Je ne l'épouserai pas !

Madame LOURDVILLE.

Elle ne l'épousera pas !

M. LOURDVILLE.

Elle l'épousera, et je vais de ce pas, chez le Notaire !

SCÈNE V.

Madame LOURDVILLE , ISABELLE , FRONTIN.

ISABELLE.

OH ! ma Mère ! que je suis malheureuse ! Il l'a résolu ! Ce n'est pas que je donne mon consentement à ce mariage réprouvé par l'amour ; mais il faut que je renonce à Clair-fons, à ce jeune homme si sensé , si instruit, si tendre, si délicat, à la conversation de qui je me plais tant ; que j'aime si ardemment, dont je suis également aimée ! O ma meilleure amie ! quel parti prendre !

FRONTIN , *à Madame Lourdville et à Isabelle.*

Vous ne faites pas le moindre cas de moi, vous ne me dites rien ! il se passe cependant dans cette tête de domestique, des choses qui ne sont pas à dédaigner.

ISABELLE.

Frontin, que veux-tu dire ?

Madame LOURDVILLE.

Parles, vîte.

FRONTIN.

Je ne sais pas lire ; mais j'ai l'esprit juste.

Madame LOURDVILLE.

On ne te refuse pas cette qualité.

ISABELLE.

Nous savons que tu as tout l'esprit du monde.

FRONTIN.

Que de familiarité !

ISABELLE.

Eh ! parles.

Madame LOURDVILLE.

Tu m'impatientes !

FRONTIN.

Révolté contre la façon de penser, contre l'entêtement de M. Lourdville ; sensible à votre embarras, à votre désespoir, j'ai réfléchi, me suis mis l'esprit à la torture ; et j'ai une tentative à faire, pour que dans moins d'une heure, Isabelle soit et vaccinée et l'épouse de M. Clairfons.

ISABELLE.

Oh ! Frontin, ma reconnaissance serait inexprimable,

Madame LOURDVILLE.

Que ta récompense serait grande !

ISABELLE.

Dis-nous.....

FRONTIN.

D'après mon plan, il faut que vous, Madame Lourdville et M. Clairfons fassiez chacun un rôle.

ISABELLE.

Nous ferons tout ce que tu voudras.

Madame LOURDVILLE.

Je vais donc faire venir Clairfons ?

FRONTIN.

Voudriez - vous que M. Lourdville nous trouvât ici nous trois à comploter ?

Madame LOURDVILLE..

Tu as raison.

FRONTIN.

Allons le trouver nous-mêmes.

ISABELLE.

Ma Mère, ne faisons rien sans l'avis de Frontin.

Fin du premier Acte.

ACTE

ACTE II.

SCÈNE PREMIÈRE.

ISABELLE, CLAIRFONS, Madame LOURD-VILLE, FRONTIN. (*Frontin a un paquet de hardes sous le bras.*)

FRONTIN.

Madame Lourdville, Isabelle, vous vous mettrez dans ce cabinet : vous, M. Clairfons, songez à soutenir votre thèse avec chaleur, ruminez bien votre sujet ; mais, je dois être tranquille. On dit qu'au Collège, vous remportiez toujours le prix : vous aviez des livres aussi gros que des missels. Ce paquet de hardes est pour mon déguisement. Je vous laisse.

SCÈNE II.

CLAIRFONS, *seul.*

Amour ! éloquent Amour ! inspire-moi, dans l'entretien que je vais avoir avec le père, le tyrannique père de celle que j'adore ! ô Ciel ! Il vient.

E

SCÈNE III.

CLAIRFONS, M. LOURDVILLE.

M. LOURDVILLE, *agité*.

Isabelle ? Madame Lourdville ? Frontin ? (*à Clairfons, avec humeur.*) Monsieur, je ne vous voyais pas.

CLAIRFONS.

Je ne fais que d'entrer, je n'ai trouvé personne.

M. LOURDVILLE.

Isabelle ? Madame Lourdville, Frontin ?

CLAIRFONS.

Isabelle et Madame Lourdville doivent être à la promenade : c'est leur heure. Frontin est, sans doute, en commission.

M. LOURDVILLE.

Ces coureuses ! Ce faquin !

CLAIRFONS.

Ne vous impatientez pas, M. Lourdville : ils ne peuvent pas tarder à rentrer.

M. LOURDVILLE.

Ils tarderont !

CLAIRFONS.

Il me semble qu'ils viennent : j'entends du bruit.

M. LOURDVILLE.

Ils ne viennent pas !

CLAIRFONS.

Ils ont très-grand tort, je vous assure.... M. Lourdville, avez-vous lu le Journal de Librairie d'hier ?

M. LOURDVILLE.

Il y a très-long-tems que je ne lis plus le Journal de Librairie ? Qu'ai-je à faire de ce Journal ?

CLAIRFONS.

Je le crois fort utile, indispensable à un littérateur.

M. LOURDVILLE.

Inutile, pernicieux à un littérateur.

CLAIRFONS.

Je vous demande pardon, M. Lourdville, ce Journal, outre l'avis qu'il donne de la publication des ouvrages, est une espèce de tableau des progrès de l'esprit humain.

M. LOURDVILLE.

Voilà, vraiment, un beau tableau !

CLAIRFONS.

Oui, dans un moment où les gens de lettres, animés d'une fougueuse passion pour les découvertes, reculent prodigieusement les limites des sciences et des arts.

M. LOURDVILLE.

Quelle fanfaronade !

CLAIRFONS.

Voyez les Instituts, les Académies, les Athénées, les Sociétés littéraires ! Quel désir de s'instruire ! Quelle émulation ! Que d'ouvrages nouveaux ! Quelle source de vérités nouvelles ! Le génie a pris un essor impétueux : bientôt, il ne lui restera plus rien à découvrir.

M. LOURDVILLE.

Me prenez-vous, Monsieur, pour un ostrogoth en littérature ? Depuis long-tems on ne fait qu'errer, extravaguer, on établit de faux principes, on renverse tout, on ne s'entend plus ; on obscurcit la Physique par de fantasques nomenclatures ; on ravale la Logique, la Métaphysique aux sensations ; on fait dépendre la Morale du tempérament, du climat, des alimens, de l'air, de l'âge : c'est une horreur ! Ah ! qu'il serait bon pour l'éclat des lettres, que Lavoisier, Linnéus, Buffon, Condillac, Bonnet, Cabanis, JENNER, ces faux savans, ces athées, et tous ceux de leur clique ; qu'il serait bon, qu'ils ne fussent jamais nés !

CLAIRFONS.

Oh ! M. Lourdville ! C'est-là le jugement que vous portez sur ces observateurs profonds, analitiques , sur ces confidens privilégiés de la nature, sur ces maîtres du monde savant, qui donnent aux sciences et aux arts une attitude solide, systématique, imposante ! Graces à eux, la Physique est l'histoire des rapports de la nature ; les sciences abstraites sout soumises au calcul, à la démonstration ! Oh ! M. Lourdville, c'est là le jugement que vous portez sur JENNER, cet observateur si intelligent, qui a découvert, fait connaître la vaccine, qui a donné à l'univers cet antidote de la peste variolique ! Aucun, aucun savant n'a rendu un aussi bon, un aussi vaste service à l'humanité souffrante !

M. LOURDVILLE.

Voilà, voilà l'enthousiasme des nouveautés ! La vaccine ! la vaccine ! Quelle est la grande vertu de cette vaccine ? Une maladie des vaches ! des vaches d'Angleterre ! Le pis de ces vaches ! Qu'est-ce que tout cela ? Quel rapport peuvent avoir les vaches, avec la petite vérole ?

CLAIRFONS.

Un rapport tel que si l'on transmet à un individu du pus d'un bouton qui vient au pis de ces vaches, bouton qu'on appelle vaccine, cet individu est à jamais préservé de la petite vérole.

M. LOURDVILLE.

O platitude! O bêtise!

CLAIRFONS.

Vous traitez de platitude, vous traitez de bêtise, une chose qui a fixé l'attention de tout le monde médical, de presque tous les Gouvernemens? une chose généralement reconnue efficace; adoptée, mise en pratique? Voyez Jenner accueilli à Londres, avec la plus grande vénération : son nom vole à Paris, à Vienne, à Berlin, dans toute l'Europe dans les quatre parties du monde. On fait par l'inoculation la contre-épreuve de sa découverte sur un million d'individus, il ne paraît point de petite vérole, et les gens de l'art les Gouvernemens et les peuples font usage de la vaccine!

M. LOURDVILLE.

Erreur de Jenner, fureur de Londres, pour tout ce qui a un caractère de nouveauté, d'originalité; même ridicule de Paris, de Vienne, de Berlin, de l'Europe, des quatre parties du monde; contre-épreuve peu satisfaisante, jugement précipité, nouvelle occasion, grande occasion de lucre pour les Médecins. Nous avons vu le Mesmérisme, l'Electricité, les Ballons , avoir l'approbation d'un très-grand nombre de savans : on a trouvé une Médecine infaillible , une poste aërienne ; on se fait magnétiser, électriser ; on s'élève dans des Ballons : bientôt, Mesmer, Nollet, Montgolfier , sont dans l'oubli. Tel sera le sort de Jenner !

C L A I R F O N S.

Quel parallèle !

M. L O U R D V I L L E.

Il est des plus justes. Jusques ici la chose n'est que bisarre , risible ; mais qu'elle est odieuse , lorsque l'on pense à toutes les maladies qu'elle occasionne , à celles qu'elle occasionnera ! Eruption articaire, pemphigus , convulsions , écrouelles , phtisie , et tant d'autres accidens , tant d'autres vices d'un nouveau genre : tels sont les beaux fruits présens et futurs de la vaccine ! O démence des vaccinateurs ! O sort des vaccinés !..!.. On vaccina , rue Saint-Honoré , un enfant se portant très-bien : il lui prit, vingt-quatre heures après , une fièvre , un vomissement , un mal de tête des plus violens : tout son corps se couvrit de petits boutons dont on ne connaissait pas l'espèce , et cet enfant mourut dans l'espace de trois jours. Au faubourg Saint-Antoine , une Fille de dix-huit ans , l'image de la santé , fut vaccinée : un mois après , il lui prit un dégoût , une inquiétude insurmontables , la fièvre , la maigreur , la pâleur survinrent , et elle est dans ce moment-ci dans une fièvre hétique bien caractérisée. Le petit de M. Enselme fut vacciné le matin, le soir il se noya. On transmit ce maudit ferment à la cadette de M. Arnoux, dans six jours elle mourut enragée, mugissant comme une vache! Finirai-je, si je vous racontais tous les malheurs de cette meurtrière invention!

CLAIRFONS.

Pouvez-vous bien, M. Lourdville, vous homme instruit, pouvez-vous bien partager les opinions de tout ce qu'il y a de plus sot, de plus ignare, de plus bavard, de plus menteur, de plus méchant dans la société? La vaccine entraîne mille maux après elle, vous citez des exemples : avez-vous bien observé? Avez-vous vu par vous-même? Le bandeau de la prévention n'est-il pas sur vos yeux? Tous ces bruits que l'on fait courir, ont été constamment reconnus faux ou erronés par des examinateurs instruits, probes, ardens, amis de l'humanité! La vaccine peut coïncider avec une maladie quelconque : on a pris de très-exactes informations sur tous les vaccinés que vous venez de citer : rien de plus faux que tout ce qu'on a dit de l'enfant de la rue Saint-Honoré : il a eu la vaccine, elle n'a été accompagnée d'aucun accident, d'aucune maladie, il vit et se porte à merveille. Il en a été de même de la Fille du faubourg Saint-Antoine. Quant au petit de M. Enselme, il se noya dans la Seine, le soir du jour qu'il

fut

fut vacciné, parce qu'il jouait et folâtrait imprudemment sur le bord de cette rivière. Une fièvre maligne bien caractérisée coïncida avec la vaccine, dans la cadette de M. Arnoux, et elle mourut dans des convulsions, avec un transport au cerveau, symptomes ordinaires de la fièvre maligne. La vaccine est bénigne, n'est mêlée avec aucun autre germe de virus, elle est isolée. L'expérience de nos jours, celle d'un grand nombre de vieillards anglais vaccinés dans leurs bas âge, en sont un sûr garant. Ces vieillards ont été visités, consultés scrupuleusement par des gens de l'art; ils ont été trouvés se portant bien; ils ont dit, ils ont assuré que leur santé n'avait jamais été altérée par rien d'extraordinaire, par rien qu'on pût raisonnablement imputer à la vaccine. Convenez donc, M. Lourdville, que c'est la découverte la plus utile qui ait jamais illustré le monde observateur, et que Jenner a bien mérité du genre-humain !

M. LOURDVILLE.

Moi convenir de cela !

CLAIRFONS.

Finissons donc là-dessus.

M. LOURDVILLE.

J'entends quelqu'un.

F

SCÈNE III.

**M. LOURDVILLE, CLAIRFONS,
FRONTIN,** (*déguisé en homme qui a été
défiguré, estropié par la petite vérole. Il est
borgne, couvert de cicatrices, etc. etc. Il
vient sous le nom de Pesantcour.*)

FRONTIN, *empressé.*

M. Lourdville, impatient de vous voir,
j'entre sans me faire annoncer! Comment va
l'état de votre santé? (*Il veut l'embrasser.*)

M. LOURDVILLE, (*s'y refusant.*)

Monsieur, vous m'honorez infiniment. Mais
je n'ai pas l'honneur de vous connaître......
(*à part.*) Quelle laideur!

FRONTIN.

Vous ne me connaissez pas! Je suis Pesantcour! N'avez-vous pas reçu, ce matin,
une lettre de moi?

M. LOURDVILLE.

Monsieur, venez-vous ici pour me turlupiner?

FRONTIN.

Monsieur, je viens ici d'après votre agré-

ment, d'après la promesse que vous me faites
dans votre dernière lettre.

M. LOURDVILLE.

La peste de l'original !

FRONTIN.

Ne m'avez-vous pas promis, dans votre
dernière lettre, de me donner votre Fille
en mariage ?

M. LOURDVILLE.

A-t-on jamais vu un fou de cette espèce

FRONTIN.

Aurais-je été gâté par la petite vérole, au
point d'être méconnaissable !

M. LOURDVILLE.

Que barbouillez-vous là, avec votre petite
vérole !

FRONTIN.

N'avez-vous pas vu dans la lettre que vous
devez avoir reçu de moi, ce matin, que je
viens d'avoir la petite vérole, à Lyon, et que
j'en ai été cruellement maltraité ?

M. LOURDVILLE.

Serait-il bien vrai que vous êtes M. Pesantcour ?

FRONTIN.

Oui, je le suis ! mais couvert de cicatrices, borgne, défiguré !

M. LOURDVILLE.

O mon Dieu !..... (*en l'embrassant.*) Malheureux Pesantcour !.....

FRONTIN, (*en l'embrassant.*)

Vous ne me connaissez pas !.....

M. LOURDVILLE.

Pauvre Pesantcour !..... Remettez-vous !.... (*Il lui donne une chaise.*)

FRONTIN, (*à Clairfons.*)

Comment se porte M. Clairfons ?

CLAIRFONS.

A merveille , M. Pesantcour ! Je prends beaucoup de part au malheur qui vous est arrivé.

FRONTIN.

Je n'en doute pas, je n'en doute pas. (*Ils s'asseyent tous trois.*) Jouissant d'une parfaite santé, fort content, je comptais, comme je vous le dis dans ma lettre, partir de Lyon le 14 juillet, etc. La veille de ce jour, il me prit une fièvre, un vomissement, un mal de tête des plus violens. On fit appeler un Médecin qui m'ordonna une saignée, la ptisanne de poulet et la diète la plus rigoureuse. Le lendemain, mon état étant empiré, je fus saigné au pied. Le troisième jour je fus tout couvert d'une innombrable quantité de petits boutons, tourmenté par de très-fortes convulsions. Mon Médecin prononça alors que j'étais atteint de la petite vérole; mais d'un caractère malin. Il me fit mettre dans un bain. Les jours suivans, ma tête s'embarrassa, je perdis connaissance, ma langue devint noire, mes boutons se touchèrent, s'applatirent, mes yeux s'enflammèrent, se fermèrent, suppurèrent : mon corps exhala une odeur fétide, insupportable : on désespéra de mon état, on me fit prendre du kyna ; ou m'appliqua deux grands emplâtres de vésicatoire. Graces aux secours de l'art, graces aux efforts de la nature, tous ces accidens se calmèrent. J'étais dans une faiblesse extrême : on me donna des consommés. Généralement couvert d'une croûte noire, j'étais hydeux. On vit que mon œil gauche était perdu sans ressource. Etant enfin en état de prendre des alimens, on m'en donna des plus succulens. Mes forces revinrent, la croûte se détacha, et cette monstrueuse maladie m'a laissé dans l'état où vous me voyez !

M. LOURDVILLE.

Justes Dieux !.....

FRONTIN.

Que j'ai de regret de ne m'être pas fait vacciner ! Que je suis puni de ma prévention contre cette découverte ! Que je suis désabusé ! Que risque-t-on à s'en servir ! Elle détruit, à coup sûr, le virus variolique ; et supposé qu'elle fût sujette à quelque inconvénient, doit-il être mis en parallèle avec les ravages de la petite vérole ? Oh ! que j'étais aveuglé !

M. LOURDVILLE.

Vous avez réellement de regret de ne vous être pas fait vacciner ?

FRONTIN.

Un regret tel que je ne m'en consolerai jamais, que j'en mourrai, peut-être !.... Voyez ma position !..... Quel argument contre les anti-vaccinateurs !..... Où est Isabelle ? Ah ! je la vois. (*Il va au-devant d'elle.*)

SCÈNE IV.

LES PRÉCÉDENS , ISABELLE, Madame LOURDVILLE.

FRONTIN, (*à Isabelle.*)

Je suis enfin dans votre maison ! je vous vois ! Je vais, d'après la promesse de M. votre

Père, recevoir le prix de mon estime, de mon amour! Je vais être uni à vous, par les doux nœuds du mariage! Oh! je ne puis!.....

ISABELLE, *furieuse.*

Monstre! Que me dites-vous là? Otez-vous de devant mes yeux! Ne croyez pas que mon Père soit jamais assez barbare pour vouloir que je vous épouse!

Madame LOURDVILLE.

Il faut être bien hardi, il faut être bien sot, pour parler de la sorte à une Demoiselle, étant aussi exécrablement laid!

FRONTIN, *furieux.*

Quelle réception, M. Lourdville!

Madame LOURDVILLE.

Avoir l'audace de vouloir se marier, ayant une figure aussi répugnante!

FRONTIN.

M. Lourdville!

M. LOURDVILLE.

Isabelle, Madame Lourdville, ayez la bonté de ne pas fâcher M. Pesantcour : c'est bien assez du malheur qui lui est arrivé!

ISABELLE.

A la bonne heure, mon Père ; mais pourquoi vient-il pour m'épouser?

Madame LOURDVILLE.

Mon Mari, doit-on songer au mariage quand on est dans un pareil état?

FRONTIN.

M. Lourdville !

M. LOURDVILLE.

Il faut convenir, M. Pesantcour, que la petite vérole vous a furieusement maltraité !

ISABELLE.

Oh ! c'est une horreur !

Madame LOURDVILLE.

Où est la femme qui s'accommoderait d'un tel homme ?

FRONTIN.

M. Lourdville !

M. LOURDVILLE.

Vous êtes méconnaissable !

ISABELLE.

Meconnaissable !.... il n'a pas une figure humaine !

Madame LOURDVILLE.

Non, il n'a pas une figure humaine ! .

FRONTIN.

M. Lourdville ! M. Lourdville !

M. LOURDVILLE.

M. Pesantcour, je suis au désespoir, malgré l'étroite amitié qui nous liait votre Père et moi, malgré la grande estime, le sincère attachement que j'ai pour vous, je.....

FRONTIN.

FRONTIN.

Je !... Que voulez-vous dire ?

M. LOURDVILLE.

Je me vois obligé à manquer à ma parole !

FRONTIN.

Vous manqueriez à votre parole ?

M. LOURDVILLE.

Je ne savais pas qu'il vous fût arrivé un tel désastre !.....

ISABELLE.

Si vous aviez été fait comme les autres hommes, j'aurais pu, par déférence pour mon Père, j'aurais pu vous donner ma main ; mais dans la piteuse situation où vous vous trouvez !...

Madame LOURDVILLE.

Si vous aviez eu une figure passable, un air de santé, j'aurais pu consentir à ce mariage ; mais étant aussi affreux, aussi infirme que vous l'êtes !....

FRONTIN, *à M. Lourdville.*

Je n'épouserai pas Isabelle !

M. LOURDVILLE.

J'en suis, j'en suis mourant, M. Pesantcour. Regardez-vous au miroir : la chose n'est pas faisable !

FRONTIN.

Je serai venu de Lyon pour cela, d'après la promesse que vous m'en faites, et je ne l'épouserai pas !

C

M. LOURDVILLE.

J'en souffre autant que vous, je vous jure !

FRONTIN.

Moi qui aime tant Isabelle !

M. LOURDVILLE.

Je sais que vous aimez ma Fille !

FRONTIN.

Qui suis venu de Lyon avec la rapidité de l'éclair, qui n'ai pas dormi une minute durant tout le voyage, pour penser toujours à elle !

M. LOURDVILLE.

Je ne doute pas de votre empressement, de votre ardeur !

FRONTIN.

Qui la trouve plus belle que jamais !

M. LOURDVILLE.

Oui !

FRONTIN.

Qui mourrais mille fois pour elle !

M. LOURDVILLE.

Tout cela !

FRONTIN.

Doit-on regarder de si près à la figure !

M. LOURDVILLE.

Jusques à un certain point !

FRONTIN.

Le caractère, les sentimens, n'est-ce pas là le tout !

M. LOURDVILLE.

Pas toujours !

FRONTIN.

O ciel ! est-il possible !

M. LOURDVILLE.

Que voulez-vous que j'y fasse ?

FRONTIN.

Que mon sort est cruel !

M. LOURDVILLE.

Ça vous passera, Pesantcour, ça vous passera !

FRONTIN.

Jamais ! jamais !

M. LOURDVILLE.

La raison, le tems, l'absence !

FRONTIN.

Non ! non !

M. LOURDVILLE.

Oh ! que si ! Oh ! que si !

FRONTIN.

La mort ! la mort !

M. LOURDVILLE.

Vous êtes un badaud !

FRONTIN.

C'est un parti pris !

M. LOURDVILLE.

Vous n'en ferez rien.

FRONTIN.

Vous verrez !

M. LOURDVILLE.

Nous connaissons ces espèces de résolution.

FRONTIN.

Adieu pour toujours, M. Lourdville.

M. LOURDVILLE.

Adieu, mon cher Pesantcour....

SCÈNE DERNIÈRE.

LES PRÉCÉDENS, excepté FRONTIN.

M. LOURDVILLE.

C'est véritablement un monstre !.... Ciel !...

CLAIRFONS.

Voyez-vous, M. Lourdville ?

M. LOURDVILLE.

Cette peau couverte de cicatrices ! cette maigreur ! clopin-clopant ! ces lèvres, ces paupières renversées ! ces yeux rouges, chassieux ! ce surtout ! cette canne ! ce bonnet blanc ! hélas !... ô mon Dieu !.... Oh ! il faut vous rendre justice, M. Clairfons, vous aviez raison, parfaitement raison, dans notre entretien de tout à l'heure !

CLAIRFONS.

J'admire votre franchise.

M. LOURDVILLE.

La chose est palpable.

CLAIRFONS.

Vous pouvez le dire.

M. LOURDVILLE.

C'est une vérité ; mais une vérité des mieux démontrées.

CLAIRFONS.

Je vous en réponds.

M. LOURDVILLE.

J'ai pris un certain ton d'aigreur, de dédain ; il m'est même échappé quelques mots un peu mordans : je vous prie d'oublier tout cela.

CLAIRFONS.

Je ne m'en souviens point.

M. LOURDVILLE.

La chaleur de la discussion !

CLAIRFONS.

Ce n'est rien, ce n'est rien.

M. LOURDVILLE.

On est prévenu, on s'emporte, on s'oublie!

CLAIRFONS.

Ce n'est rien, vous dis-je.

M. LOURDVILLE.

Vous avez beaucoup de connaissances?

CLAIRFONS.

Monsieur !......

M. LOURDVILLE.

Vous parlez avec méthode, avec précision!

CLAIRFONS.

Oh ! Monsieur !......

M. LOURDVILLE.

Avec aménité, avec éloquence?

CLAIRFONS.

Je ne mérite point un tel éloge.

M. LOURDVILLE.

Recevez des assurances des sentimens d'estime que vous venez de m'inspirer.

CLAIRFONS.

Vous m'honorez infiniment.

M. LOURDVILLE.

Et fournissez-moi l'occasion de vous en donner des preuves.

CLAIRFONS.

Vous avez bien de la bonté.

M. LOURDVILLE.

Vous me trouverez toujours fortement dis-posé à cela.

CLAIRFONS.

Vous êtes tout-à-fait obligeant.

M. LOURDVILLE.

Croyez que je vous parle du fond du cœur.

CLAIRFONS.

Ah ! M. Lourdville, vous me enhardissez par un tel langage à vous ouvrir mon cœur, à vous faire part de tout ce qui s'y passe !..... Vous devez vous rappeler que vous, Madame Lourdville, Isabelle et moi étant à dîner chez votre Beau-frère, j'y fis connaissance avec Isabelle, que nous eumes un très-long entretien sur la littérature et la morale. Vous avez sans doute remarqué que depuis ce tems-là je fré-

quente votre maison avec la plus grande assi-
duité ; qu'il ne se passe pas un jour que je n'y
vienne ? Ne vous êtes-vous pas aperçu de la
sympathie de caractère, de la conformité de
façon de penser, de conduite qui existe entre
Isabelle et moi ?...... M. Lourdville, ce sont
mêmes talens, même goût, mêmes principes,
mêmes opinions, mêmes habitudes, mêmes
actions !

ISABELLE.

Oui, mon père, mêmes talens, même goût,
mêmes principes, mêmes opinions, mêmes
habitudes, mêmes actions !

M. LOURDVILLE.

Ah ! ah !.....

CLAIRFONS.

A force de nous voir, de converser, de
penser, d'agir de la même manière, nous nous
sommes pris l'un pour l'autre, de l'amour le
plus solide, le plus ardent, dont jamais deux
amans aient été atteints !

M. LOURDVILLE.

Ah ! ah !.....

CLAIRFONS.

Et nous désirons impatiemment que vous
nous unissiez par le mariage !..... M. Lourdville, que me dites-vous ?

M.

M. Lourdville , *après avoir pensé un moment.*

M. Clairfons, le mariage est une chose de
la plus grande conséquence !

Madame Lourdville.

Diantre !

Clairfons.

Je sais cela.

M. Lourdville.

Je réfléchirai là-dessus.

Clairfons , *aux genoux de M. Lourdville.*

Oh ! M. Lourdville , s'il est vrai que vous
ayez pour moi quelque estime , veuillez bien
décider de mon sort , à présent même. La
première fois que je vis Isabelle , je vis le
plus bel objet qui pût s'offrir à ma vue ! Sa
compagnie est pour moi préférable à l'univers
entier. Je suis étonné de sa frugalité , de sa
douceur, de sa patience , de son empressement à soulager les malheureux ! J'admire
son amour filial, son goût pour les beaux
arts , sa sensibilité réservée , son air céleste !
Je l'aime, je l'adore ; et mettre le plus court
délai dans la manifestation de vos volontés ,
c'est me désespérer , c'est me donner la mort !

Isabelle , *aux genoux de son Père.*

Mon Père, vous qui avez pour moi tant de
H

tendresse, veuillez bien vous expliquer à présent. même ! La première fois que je vis Clairfons, je le distinguai d'entre tous les jeunes gens. Je préfère sa compagnie, aux sociétés les plus brillantes. Je suis étonnée de sa philantropie, de sa fermeté dans l'infortune, de son opiniâtreté dans les plus grandes fatigues, de sa rusticité dans ses repas ! J'admire son amour pour la solitude, son goût, son goût naturel pour les sciences et les arts, sa grave sensibilité ! Je l'estime, je l'aime ; et mettre le délai le plus court dans la manifestation de vos volontés, c'est me rendre la personne du monde la plus malheureuse !

Madame LOURDVILLE, *feignant de pleurer*.

Ils me déchirent le cœur !

M. LOURDVILLE, *attendri*.

Levez-vous, levez - vous...... Clairfons, je vous donne ma Fille en mariage.

CLAIRFONS.

M. Lourdville, je vous dois le bonheur.

ISABELLE.

Mon Père, je suis bien sensible à la bonté que vous avez pour moi !

Madame LOURDVILLE.

Allons de ce pas chez le Notaire.

M. LOURDVILLE.

Mais auparavant, Isabelle, je veux te faire vacciner !

FIN.

ERRATA.

Il y a ce passage dans la Dédicace :

« mais il était réservé au 18e. siècle, à ce siècle
» observateur, ne s'écartant jamais de la route
des faits,

PREMIÈRE OBSERVATION.

J'ai tort de dire : Ne s'écartant jamais de la
route des faits. Il n'est pas douteux que les
savans du 18e. siècle ont été de profonds observateurs, qu'ils ont pris les premiers la
route des faits; mais ne s'en sont-ils jamais
écarté ? Ils ont payé le tribut à la faillible
humanité.

Sur la fin de la Dédicace, vous trouvez
ce passage : « Mais par une fatalité ennemie
» des grandes découvertes, il est des hommes
» composant la secte dispersée des scholas-
» tiques, qui prévenue, rejettant même, sans
» examen, la philosophie du 18e. siècle démontrée.

SECONDE OBSERVATION.

Par une conséquence de l'observation ci-
dessus, le participe démontré mis dans un sens
absolu, ne convient point.

A la note 1, p. *viij* de la Préface, il y a :

C'est dans ce siècle que, guidés par le, etc.
lisez : C'est dans ce siècle qu'employant la méthode analistique et expérimentale, ils ont
réellement fondé les sciences et les arts.